中国印象：
哥斯达黎加的视角

［哥斯达黎加］阿尔宾·恰孔 著
杨明 译

五洲传播出版社
China Intercontinental Press

图书在版编目 (CIP) 数据

中国印象 / (哥斯) 阿尔宾・恰孔著 ; 杨明译. --北京 : 五洲传播出版社, 2023.1

ISBN 978-7-5085-4954-5

Ⅰ. ①中… Ⅱ. ①阿… ②杨… Ⅲ. ①随笔－作品集－哥斯达黎加－现代 Ⅳ. ①I746.65

中国版本图书馆CIP数据核字(2022)第226703号

拉美专家看中国系列

出版人：关　宏
策　划：孙新堂

中国印象：哥斯达黎加的视角

著　　者：阿尔宾・恰孔
翻　　译：杨　明
责任编辑：姜　珊
装帧设计：紫苏文化
出版发行：五洲传播出版社
地　　址：北京市海淀区北三环中路 31 号生产力大楼 B 座 6 层
邮　　编：100088
发行电话：010-82005927，010-82007837
网　　址：http://www.cicc.org.cn, http://www.thatsbooks.com
印　　刷：北京市房山腾龙印刷厂
版　　次：2023 年 1 月第 1 版第 1 次印刷
开　　本：710 × 1000 mm 1/16
印　　张：9.5
字　　数：137千
定　　价：58.00元

目·录

前言

毛里斯·克里斯在他的马可·波罗传记中写道，那个时代的杭州，不仅是一个大街小巷商铺林立、拥有高效的行政管理系统、充满丰富多彩的娱乐活动的舒适宜居的城市，而且是世界艺术文化的中心，超过了之前存在的所有都市（包括古罗马），也超过了后来的巴黎和伦敦，因为“（杭州的）文化演变源远流长，根深柢固”。

克里斯说，如果马可·波罗没有与一个可能也同为外国人的富商结伴而行，而是平起平坐地结识杭州当地博学的儒士，他会更深刻地了解当地盛行的文化。克里斯想象到，有幸结交的中国文化精英，会通过丰富的藏书向这个威尼斯人展示几千年文化的传承和文化思想的积淀。克里斯总结道，如果拥有更好的“理解力、感知力和想象力”，马可·波罗会从这些中国人身上学到更多的东西，“并从一个中世纪商人成为一个文人，但是他的智商和洞察力无法让他有这些转变。尽管如此，他的旅行和经历让他的精神产生了进化——虽然他还没有摆脱西方教育的思想桎梏，中国人也没能让他的思想拔高到应有的水平——以至于让他写出一些与他同时代的西方人无法完全理解的东西。”

值得庆幸的是，呈现在读者面前的这本《中国印象》不是出自一名商人之手，恰恰相反，是一个毕生弘扬理解力、感知力和想象力的学者。阿尔宾·恰孔在加拿大获得比较文学博士学位，并在哥斯达黎加和包括中国在内的国外高等学府任教。作为一个拥有深厚底蕴的人文主义者和多元文化的倡导者，恰孔具备一个观察者的独特视角；就像他的演说《多样化的包围：从一元到多元》中提到的，“我们不仅是互不相同的个体，我们每个个体也是多样性的集合”。

因此，面对作者呈现在我们面前的文化相遇，我认为有必要借用哲学家和法学家达尼罗·佐罗的观点区分一元主义和多元主义。佐罗在访谈中谈道：

“关于国际秩序和世界秩序通常有两种哲学观点。一种强调象征和价值世界的统一、同一和简单化。以为整个世界的合一，就此可以实现和平、公正、进步和幸福。这是一种初级的、简单化的世界观，我冒昧地说这一世界观是幼稚地神学化的，从韦伯主义意义上来说甚至是死板的一神论的。同样也存在另一种世界观，它把多元化、不同、多样化之间的对峙、复杂化看作是人类经验演化过程的瑰宝。支持世界统一者的理想是一元主义。捍卫世界复杂多元的理念，我建议称之为多元主义。”

佐罗补充道，“支持复杂多元主义者致力于不同文化和文明间的和平互动，主张教育价值观的多元性和相对性，强调其特点历史性、动态性和演变性”。

在我看来，写作这些关于中国的印象目的是捍卫文化的多元性，宗旨是促进东西方文化的互通、理解和友谊。

乔治·奥威尔在他的小说《1984》中提到，假设描述中那里的统治者允许普通公民和外国沟通，他们所居住的封闭世界将被打破，由此这个封闭世界的道德伦理的建立基础：恐惧、憎恨和狂热的执著也会消失。遗憾的是，不是所有人都能跋山涉水到中国并久居中国去感受中国，去领会真正的中国文化内涵。但是，引用林语堂的话，通过读书我们可以逃脱生活的监狱，逃脱身边仅有的几个人的接触，逃脱无论从时间上还是空间上的周遭环境，以进入一个完全不同的世界。

以我为例，《中国印象》在我面前开启了一个之前知之甚少的文化并引起了我的兴趣，让我继续寻找能深化我对这个不同文化国度认识的其他读物。作者巧妙地将我们引入了一次旅行，而这段旅行渐渐地变成了一个人的文化奇遇。因此，这些印象可以视为是一扇门，推开门后，我们可以径自以不同路线去猎奇。我突然想到作者以犀利的视角展现给我们的“中国当代文学”，这一章节对当代中国的一些作家和其作品作了精辟的概括和介绍，让我们这些号称文学爱好者的人眼前一亮。

我们抑或可以通过作者妙笔生花的笔触，忽明忽暗，勾勒以往的和当代的中国的差异变化；一系列“分岔小径”让读者不由自主地去了解这些在历史、政治、经济、哲学、民间传统节日、科技发展、环境等丰富多彩的话题中构建的印象背后的真谛；例如《抵达：初印象》十一，国庆》《钟摆的方向》《昔日中国，中国今朝》等。

如果读者有雅致，还能另辟蹊径，跟随作者去了解字词的含义，领略诸如“面子”“你吃了吗？”这些文字背后所代表的传统、符号和价值的冰山一角。说到吃，遵循美食文化这个“分岔小径”，通过《“新鲜”至上》这一篇目我们大可领略作为全球饮食瑰宝的富有中华民族特色的美味佳肴。

如果上述话题都引不起你对这个灿烂文明大国的兴趣，那么我建议你看看《高考：大学入学考试》，一个关于中华民族发展之道的故事（“道”在中文中有“道路”之意，也是道教中的“道”）；孔夫子早就提倡“任人唯贤”的国家制度。

顾立雅在其《从孔夫子到毛泽东的中国思想》中指出，这个国家的出路未必可以照搬我们西方的套路，而且我们反而能从这个民族学习许多东西；他说：“这才是了解中国带给我们的最大裨益。我们太过于沉浸在自己的世界——我们无法从自己的肌肤和文明中抽离。我们所做的事情就因为它们是理智的，符合人性的吗？还是我们如此做了，仅仅因为是数世纪的积习和生存环境的驱使？我们何以知晓答案？要获得一个使人豁然开朗的答案，只需向有不同习俗、不同居住环境的民族去讨教。”

《中国印象》的笔者于1976年第一次去中国，在北京第二外国语学院任教两年，这一年毛泽东逝世。2009年9月，他又回到了北京第二外国语大学访学，一直待到2010年年底；期间有幸两次造访台湾，第一次去了台中的静宜大学，第二次去了台北的辅仁大学。时隔三十载的两段经历让作者向我们讲述了中国走向“市场经济”的巨变。而且，“一国两制”也让习惯了“亚里士多德逻辑”的西方思维难以理解，因为“不能同是A和非A”。但是埃里希·弗洛姆在《爱的艺术》中指出：

“同亚里士多德逻辑对立的是人们称为悖论逻辑的理论，也就是A和非A都为X的谓语，但不相互排斥的假设。在中国和印度的思想中这种逻辑占主导地位，在赫拉克利特哲学中亦是如此——最后这一逻辑成为黑格尔和马克思的逻辑，被称作‘辩证法’。老子十分精辟地表达了悖论逻辑的普遍原则：‘明道若昧’。而庄子说：‘是亦一无穷，非亦一无穷。’”

“一国两制”的中国，如此辩证，就像作者通过这些“印象”所展现的，它经历着巨变，也存在着一些悖论。我们会发现，作者在记录这些“印象”时是怀着对这个追寻“和谐”的伟大民族的无比敬仰之心的，这个国家正以它的逻辑，一天一天地逐渐向我们揭示，这个世界远不止于西方。

努莉亚·罗德里格斯·冈萨洛

抵达：初印象

此时我在中国，利用访学休假受邀来北京第二外国语大学任教，我将会和我的家人在这里待上一年。抵达一个月后，我们已经安顿好；更准确地说，我们还在一步步安顿生活的过程之中。在这样一个社会，要安顿好一切几乎是不可能的。无论你愿意与否，不同的生活方式中的声、味、意识一股脑儿地袭来；无论喜爱还是抗拒，这个大陆之国在你面前逐步摊开。

阿尔宾·恰孔在北京和学生留影 (1977 年)。

北京，作为中国城市发展的缩影，充满传统传承的同时也疾驰在开向现代化的快车道上——从胡同的窄巷到环城的高架，如同勤劳的蚂蚁，工人们三两下就能让高楼林立。一日，我们送女儿上学，早上还在打扫空地准备建一个在公路旁边的园子；晚上回来，那个园子就已经建成了，好像一直就在那里。这就是中国的速度，建造高楼和公路的速度令人瞠目结舌；北京的地图每三个来月就得更新一次。北京如此，上海更是摩登大都市，

北京的胡同

高架桥施工

建筑工人

广州也不甘落后；尽管除此之外还是能看到许多贫困落后地区。

许多人会说，中国给人印象是一个自我封闭的国家，为本身的千年文明传统而自豪；同时又在不断赶超西方——在诸多现代化标识上，西方总显略胜一筹。如今宫殿寺庙的美丽与静谧不断被——交通、污染、噪音和涌入的来认识潮流之都的新中国的成千上万的游客——

拥挤的故宫

打扰、威胁和逼迫。种种因素让这些历史瑰宝失去了瓦尔特·本雅明提出的美学意义上的“灵光”。历史似乎只是为了明信片、相机而存在，没有了艺术作品和历史所应有的寂静、孤独和隐遁。长城也成了旅游商品，刚刚翻新的庙宇殿堂和它的新漆也熠熠生辉，在赋予新生命的同时也抹杀了它的古色古香。

让人流连忘返的还有中华餐饮——品种、色香味、饮食仪轨。美食悦人之处体现在一桌子人饕餮之后的残羹剩炙，这是酒足饭饱的表现，同时也是年年有“余”的祈福。

上周我们去了颐和园，前几天还去了长城。历史的渊源和建筑的宏伟让人不禁感到敬畏。长城游客最多的

中华美食

长城

地方八达岭部分已经被整修改造得旅游气息十足，仿佛是前几年刚建成的项目一样，还添置了缆车和轨道。

这些是现在的中国，却不禁让我五味杂陈，心底涌起对过去的回忆，回忆三十多年前我认识的那个中国（1976—1978）；那时候“文革”刚结束，毛泽东刚辞世，政治、经济、文化的一系列改革逐渐实施。这些将是接下来要讲的一些印象主题。

颐和园

钟摆的方向

中国地大物博，让特别是像我们这样的从小地方来的人有些害怕；在小国家里所有的事儿没有一件能一蹴而就的。如果一个游客要拍摄中国城市经历的变化，只要找个塔吊林立的地方，来一张全景照。

北京建筑业的繁荣景象充斥着每个区域，特别是城市向外扩张的郊区；我们就住在这样的一个城郊接合部，在这里还能见到小集市、自行车、卖吃的卖衣服的小摊

北京在建的高楼

作者 1977 年在小集市。

四通八达的铁路

高架路

和在人行道上临时搭起来的剃头摊子，而这一切在这样的郊区也快慢慢销声匿迹了。

中国有句老话“要致富，先修路”。因此，中国哪儿都修公路；还有全国四通八达的铁路网，穿越沙漠、建造隧道打通山脉、无数公里的大桥联通江河峭壁；还有城市里蜿蜒蛇行、错综复杂的高架路。

城市处处都是风景：雄伟千年的寺庙和宫殿，供人们习武打太极或者打乒乓羽毛球的公园和亭落，当然一

潭柘寺

练太极

定会有人在下象棋，这个似乎每个中国男性天生就爱玩的桌游。除此之外，很少还有空间供人漫步缓行了。火车、公共汽车和永远满载乘客的地铁带来的人潮人海，连绵不断，却又井井有条，在家、工作单位和商场间的匆匆来往总是能有中国式的不紧不慢——要我来说，这种耐性中还充满了斯多亚学派哲学。

这种日常的节奏，让我起初无法适应；但是这却生动地反映了中国的成长，几何增长，不仅让每个人而且也让其他大国都感到惊诧。自然而然，某些大国搬出了人权（他们为什么如此诚心地关心中国人民的福祉？），或者因为中国出口数量太多价格太低，为了平衡贸易收支而要求重新衡量人民币价值；抑或对中国工厂的工作条件品头论足，尽管这些工厂好多都是外资，而且工人们逐渐开始为了更好的收入而自发争取权益。

用众所周知的话来说，“巨人醒来了”，苏醒的中国不是一条蛇而是一条巨龙，这条龙的一举一动都让那些至今还掌握世界经济秩序的诸多国家感到不安。会产生一个新的帝国吗？中国人一再声明，不。中国深受欧洲列强和日本的殖民扩张的危害，他们不会对其他国家做同样的事。但是巨龙的一举一动，一摆头一甩尾，总会触碰一些东西（或者说，某些事和人感到被触碰了），让这个习以为常的世界产生不少骚动，甚至影响到我们有些欧洲中心论者和所谓“昭昭天命”的拥护者们的心情。

中国人实施计划的速度和体量是前所未有的。和其他国家不同，为了政治和文化的原因，整个社会就像鱼群一样游动，像一个手风琴环环相扣——由中央政府制

上海中心大厦正在以每 7 天一层的速度悄然拔起（2012 年）。

北京大学

定宏观目标和 20 年乃至 30 年的规划，把地方各部门的目标连接起来上下同心。

改革开放的过程中正孕育着新一代人才。通过对大学的特殊扶持，数百万的资金投入到建设国际一流大学的工程中。在中国的教育策略中，国家公立大学是被重点关注的。从这些高等学府中走出了一批又一批科学家、工程师、国际问题专家、公务员，还有带动整个火车头运作的灰领人群[1]。成千上万的中国学生被公派出国留学到欧洲和北美；越来越多的国外专家被聘用到中国高校在关键学科领域进行科研活动。

同时，在中国英语学习从小学、中学到大学各阶段都受到重视。今日中国青年学生都会说或者正在学习英语。这一切是为了构建双语社会，甚至多语社会。我不怕犯错地大胆断言中国是学习和教授最多外国语的国家——其中包括非洲的、亚洲的和西方的各种外语。在全球化背景下，中国是一个在语言教育方面准备最充分最完善的国家。

乌拉圭总统何塞·穆希卡在2009年一次和学者的见面会上曾经说过，英语应该从学前教育抓起，并讥讽道，这不是因为美国佬说英语，是因为中国通过英语与世界沟通。其他的国家也注意到有必要储备中国通人才，例如，韩国几年前就开始向中国派遣成千上万的留学生学习中文、金融和贸易。我们的年轻人应该学习汉语，因为它已经不是一门充满异国情调的语言，或是文化人

1.“灰领”指的是既能动脑又能动手，具有较高的知识层次、较强的创新能力，掌握熟练技能的新兴人才。——编者注。

英语课堂

类学的练习，或是卖弄学识的奢侈品，而是一种需要。

种种缘由导致现实中的当今世界并没有给予中国和中文应有的重视，其中一个重要原因是几个世纪以来的西方中心主义，突然间失去了方向的西方是否应该看向东方，看向这个“中原之国”呢？我看是时候了。

北京，除夕

新年的假期（12 月 25 日在中国是一个无关紧要的工作日，这学期的假期从 1 月 20 日开始）让我们有机会更多地了解中国，而且让我们意识到北京不是中国，作为首都的井井有条和大都会气息是在其他城市难得一见的特质。

北京，不是一个让人一见钟情的城市，而是需要你

红红火火迎新春。

焦圈豆汁

花时间学着品玩的地方。初来乍到，特殊的语音语调就让人感到奇怪；此外还有弥漫在大街上的味道，可能是让人无法呼吸的豆汁儿或是刺鼻的大蒜味，餐桌上的习惯，灰灰的天，久违的太阳；当然也有西方人无法一下子接受的行为——有些是中国政府试图改变，至少在过去的奥运会期间整治的，例如时不时不顾左右地大声吐痰，也不看是不是著名街区或是胡同窄巷。

交通，在外人眼里是混乱的。尽管，驾驶员和行人

北京环线上的车流

似乎能相安无事，互不侵犯；相安无事的局面很快也会不时被很长的喇叭声打破，如果硬要说是为了安全考虑，还不如说是车成了大人手里的玩具，不绝于耳的喇叭声成了警告挡道行人开道的绝佳方法。

再不可思议的秩序也是有它的道理的，特别是看到自行车和摩托车在人行道上大行其道；尽管匪夷所思，行人们除了注意街上的交通，在人行道上也得时时警惕。这种现象在快到三环的热闹的街区和城市郊区是司空见

上海外滩

惯的；北京从市中心向外扩张的环城道成为“环”，共有五环，六环也是指日可待的事儿。

中国南方的城市，有日益西化的世界经济之都上海、布满庭院运河的苏州、美丽如画的杭州和她明信片上招牌式的经典景色——西湖；这些城市各不相同。之前描述的北京（“北京”的字面意思为“北方的都城”）是巨龙之国风格迥异的一面，作为首都的政治行政中心，周边仍有不少相对落后的农村地区，二十年的飞速发展，现代化急速而至，让一下子推进到城市生活中的人们有

苏州留园

西湖断桥

返乡过年

些应接不暇。

除了常住居民，北京也有许多来自外地的农民工。春节的时候（中国农历新年的开端，今年是 2 月 14 日）返乡过年让几乎所有的交通工具都陷入繁忙状态。几百万人的迁徙之旅足以让任何交通工具饱和。

顺着刚才提到的过年，作为必须过的节日，所有人都在庆祝新年，我们也在公寓的门上挂起了红红火火的中国结——入乡随俗，可千万别把幸福、健康和繁荣昌

巨型中国结

唐人街

盛挡在门外啊。

人们在国内从一头跑到另一头，来来回回，为的就是和家人团聚庆祝节日。散布在世界各个角落的数百万华人，走到哪儿都还是中国人。新的一年和全世界都期盼着中国的增长。无论如何，全球许多事务都和中国戚戚相关。这一点，地球人都知道。

十一，国庆

为了庆祝中华人民共和国建国六十周年，今年十月一日国庆节有符合各种口味、分外热闹的庆典活动：各民族表演（中国有五十六个民族，其中许多民族拥有自己的语言和文字）、音乐、灯光、阅兵游行（为了保证动作一致，超过十万人的游行队伍已经提早半年进行彩排）和焰火晚会。为了这个特殊的节日，北京实行交通管制，包括地铁和公交车，从前一天总彩排的周五就开

中

共和国万岁
世界人民大团结万岁

焰火

始了。在这种规模的重大事件上，全世界都会注视中国，因此不容有半点闪失；所有的事不能仅仅接近完美，而是必须画上完美句号。

中国人十分严谨，他们的守时让德国人都羡慕。仪式的每一个环节都是准点开始，一分不多一分不差；因此按照礼宾的要求，阅兵上午十点准时开始。当然这也是阅兵方阵的要求：首先是海陆空三军，然后是中国武器库展示导弹、坦克和其他常规武器。随后是非军事方

三军仪仗队

中国航空兵

坦克方队

阵，精心准备，色彩斑斓，举国同庆。

周边绵延街道，许多警察在维持秩序。无论如何，通过电视，所有人都被热情地邀请普天同庆共和国的生日。

一个我在70年代认识的中国老师对我讲述中国无法尽善尽美，把西方国家一百年做的事情在三十年内就一蹴而就了。这个意见无疑是中肯的。改革之路尚需要时间，在文化上的变革过程更是长久。总算，已经有些封锁的口子和缝隙让年轻人可以透过；艺术家、音乐人和画家开始突破限制，取得不少成就。

现在，这里的年轻人好学、有思想、要求高、有文化，更加坦然自若也更加不满足；这对年轻一代和中国而言都是好事。

让我们互相认识

北京，一次招待会上，我偶然认识了吴国平。当时他是三十来岁学习西班牙语的中国小伙子；我也是初来乍到在北京高等学府任教的年轻教师。如今，吴已经是知名经济学者、拉美问题研究专家和中国社科院拉美所的成员。

我们有机会谈论了那个年代和当今中国的区别：那

孙中山雕像

开国大典上的毛泽东

似乎是另一个国家，另一种社会，不同的远景，但是在传承千年的回忆、文化、语言、宫殿寺庙、文艺和古迹却构成了同一个鲜活的历史——极少数的国家能得天独厚地拥有这一切。中国20世纪也经历了一系列社会巨变：孙中山领导的1911年辛亥民主革命，创建了共和国体制；在蒋介石领导的国民党败走台湾后，毛泽东1949年领导建立了中华人民共和国。1976年，毛泽东逝世；不久开始了改革开放，1978年邓小平开始领导中国开启了崭新的阶段，开创了新的未来。

改革开放

西方企业日益在中国看到了巨大的商机，这也是这个亚洲巨人想要打造的国家形象。归根结底，要满足十三亿人口的基本需求不是一件简单的事。作为发展中国家，在国家相对贫穷落后的西北地区，基本温饱问题已得到满足，亟待解决的问题是如何让火车头带动落后地区一起发展。问题聚焦在投资、知识、新科技的掌握和应用，因此政府重视高质量的基础和高等教育以及如何吸引投资。

2010 年上海世博会在世界范围内引起了不小的轰动，不亚于 2008 年北京奥运会的影响。中国，这个甲级联赛的运动员，已经不满足于安打或是盗垒，而是一个接着一个的全垒打，走出国门到达世界每一个角落的长打。中国这个“中原之国”不再以自己为中心，而是开启了向西之旅，凭借的不是过去几个世纪欧洲列强用来侵略的帝国帆船，而是通过工作的纪律、商业、投资，中国是精于此道的老师。就像吴先生说的，类似成功案例有成千上万个。

中西方文化差异，特别是中国重视的相互接近的方法和人际关系，有时会让国际交流的速度放慢。吴给我

上海世博会中国馆

作者一家在鸟巢留影。

讲述了一个典型的案例：一个西班牙企业想向中国出口机械设备，因此寄来了机器的具体完整的信息数据和优势特点，却收到了中国厂家回复的一系列在中国销售机器的难处。吴建议并说服西班牙厂家亲自来到中国。目的是澄清所有误解、阐述他们家机器超出同类其他产品的技术优势吗？不是，首先是会见中方代表。哦，那么就是工作午餐？又错了，那里不谈工作，只是对话和欢笑，觥筹交错，喝点茅台，互换名片和礼物。

然后是来自中方的第二次会见。这下总应该带上资料，或是介绍设备的 PPT 或者录像？不，中方需要知道的信息他们都有，不是资料信息的问题。再次丰盛的宴会，轻松的谈话，欢笑，不停地“干杯”，建立同志般的感情和信任。

最后，中方的答复：愿意代理西班牙设备，生意达成。关于设备还有什么问题吗？一个没有。中国商人只是想认识他的合作伙伴，摸清和谁在做生意；中国人不愿意和陌生人做生意，他们需要了解并评估他的合作伙伴，建立初步的友谊。要是外国人通过生意能学说几句见面告辞的问候语，那就更是锦上添花了。不能总是让中国人单方面地去努力沟通，他们也愿意看到西方人尝试与他们的交流与沟通，并且会看在眼里记在心里。

这些传统的、个人的、富有同情心的部分是中国没有丢弃的，也希望他们继续保持。尽管有了自贸协定、优质的产品、远程交流的高科技通信手段，中国人总是——至少现在还是，将来一段时间内也不会改变——希望能亲眼见到生意伙伴，通过面对面看到对方的信任感、笑容。

所以说，全世界的商人朋友们，放下你对飞机的恐惧——如果你有的话——亲自来中国游历一番，即使生意不成，至少能大开眼界，心满意足地回国；一场“中国经历”是生活在当今和未来世界的人必须做的一件事。如果做成了生意，拥有十三亿人口中国的巨大市场前景一片美好。总有一个中国人在那里等着你。再见！

面子

据说有一次，周恩来总理会见一国首脑，作为礼宾待遇的要求，设宴款待这位元首。宴席中因为有一道菜需要用手抓来食用，所以为每人上了一小杯水用来洗手。外国元首不知道这个习俗，端起来一饮而尽。在场的中国陪同面面相觑惊诧不已，周总理一旁观察，径自端起洗手的水杯也开始喝，同桌的其他人也效仿领导喝了起来。外国领导人的面子保住了。

这个奇闻轶事反映了中国文化和社会的一个基本概

周恩来总理铜像

念，“面子”，不能让来宾“丢脸”。体面的概念，自己和他人的尊严是中国人不惜一切代价去保护的价值；这意味着中国人会努力避免窘迫的境遇或让一个人在其他人面前丢脸、感觉不爽。关于中华民族，流传着好多例子来阐明他们的美德；总体而言，一个中国人无论是公共场合还是私下里从来不会羞辱某人，不仅在日常生活中如此，在政治上也是如此。

通过亲身经历，我懂得了有些状况一个外国人可能无法想象，就让人失了面子；也懂得了按照千年文化的礼数传承，如何避免失礼。在课堂上也是通过一次次的犯错才学会了要领。作为老师，我习惯于对学生就已学过的知识进行直接的提问，而且一定要对方给一个明确的回答，或是直截了当说“我不会”，然后我再接着问下个同学。当时我没有想到，执意让学生给一个答案其实会被认为让他当众丢脸，暴露了他的无知。而我的言行也被其他同学解读为，作为老师的我不够敏感。因此，尽管我三令五申要求周围的同学不要告诉他正确的答案，还是会有人挺身而出，耳边吹风把答案悄悄地告诉给他或是直接说出来。我们可以这么理解：在中国如果是朋友关系，一个人绝不会丢下他的朋友而不顾，总是会想办法不让对方陷入窘迫的境地。所以，避免同学在一丝不苟的“拷问”下丢脸就显得尤为必要了。

待我明白后，我就得改变我提问的方式。在摩尼教派式的（和还原论指导下的）资本主义和社会主义对立的模式之外，还需要理解这个社会的运作机理。这个宗旨是古老的，但也是几千年儒家文化教育的组成部分。

儒家思想是哲学体系，更是伦理道德，而且崇尚个

孔子雕像

人和社会的荣誉和尊严。这有助于我们理解中国社会编织的各种关系网络，就好像一个大家庭一样。孔夫子在基督教诞生前，在两千五百年前就说过，“己所不欲，勿施于人”。为此，一个人必须行善、包容，且富有同情心。这一切使得一旁的观察、建议、评论都变得十分间接、反复斟酌、谨小慎微、不露骨，更不会造成伤害、疼痛和羞辱；当然如果有意而为之，就另当别论了。

儒家思想对中国教育的影响力是不可估量的，同样它对社会的团结和友谊也起到了举足轻重的作用。儒家捍卫崇尚的是个人和自己、和周围的人、和社会的和谐，其中也强调了君臣的关系。儒家思想不是明文规定的法律，而是需要观察、教导和培养的伦理道德。中国目前在全球范围内推广孔子学院就是这种文化本源的回归。

只要是出于保住面子问题，一些表面似乎不能接受的事情就可以变得合理起来；这里的面子有两层含义：不要让别人丢面子，也不让别人使自己丢面子。这是在中国待人接物或是做生意必须遵循的原则；在国际关系问题上，政府也是如此。

我在媒体上看到一些西方领导人，在就某一个问题

儒家文化做“仁人”

祭孔盛典

和中国人争论的时候，首先是在自己国家通过记者招待会通告，以此给他们在国内的竞选加分。真是没办法，面子问题再一次显现重要性：中国政府不会冒险在国际社会上丢脸，怎么提出问题比提什么问题更重要。所有的都和两千五百年前哲人的教导有关。

你好，吃了吗？

在生活的方方面面中，如何相互问候是了解一个文化独特之处的最好的途径。领会其中的奥义就能走进这种文化，否则就永远是门外汉。学习，不是简答地记忆和机械性地重复一些词组，而是去理解上下文，也就是说，要了解其中的历史和技巧。众所周知，语言不仅仅是单纯的语言系统，而是有它的文化内涵，这里的门道不在于多懂一个单词少懂一个单词。

握手

例如，中国人在朋友之间互相问候，不习惯于握手；但在我们哥斯达黎加，熟人之间就算同一天好几次碰面都要握手问候。在中国，互相握手是在初次见面或是在正式场合时的礼节；除此之外，如果两个人握手，特别是异性之间握手，会是非常尴尬的场面。朋友之间接触可能是简短的问候，最多再拍一下肩膀，显示同志般的感情。

因此，如果遇到同事走上前来，没有任何作为开场白的问候，直切主题，也就不足为奇了。而这在西方可能被认为是没有礼貌的举动。在中国，一旦建立友谊，这些礼貌上的繁文缛节就可以忽略了。因为建立信任后，如果熟人朋友每次见面都遵循太多的礼节就显得多此一举。因此，如果你一清早到了办公室，没人响亮地向你问候早上好，这不是他们忽视你的存在；恰恰相反，你已经成为他们中的一员，已经不需要那么多正式的礼节了。

互相熟悉意味着很多东西。当某人受到一个朋友的帮忙，可能不需要致谢。当然，受到西方世界的影响，现在的年轻人的一些习惯发生了改变。传统意义上，关系常用来互相做人情。在中国，朋友们之间就需要互帮互助。

近代历史造成的物资匮乏让互相帮助的友情在满足日常生活需求中显得尤为重要。既然已经习以为常，过多感谢就是多余，还人情在道义上却是必须的。简而言之，历史遗留下来的生存法则强调帮助不是单方面的，而是互帮互助：我今天帮助你，明天我需要你帮助的时候，你也不能袖手旁观。

外语学习也会浸润在社会人情种种现象等历史社会因素中。尽管中文中有对应西班牙语 Buenos días, Buenas tardes 和 Buenas noches 的“早上好”“下午好”和“晚上好”,使用最多的招呼语却是不分时段的“你好”,可以早上或是晚上使用，相当于西班牙语的 Hola。所以当中国学生在使用西班牙语的时候，他们也会频繁使用“你好”而不是我们更经常使用的“早上好”“下午好”和“晚上好”。

另外一个例子是回答“您好吗？”（¿Cómo está usted?）。我发现中国学生喜欢干巴巴地回答“很好”（Bien.）。然而作为在母语的交际习惯中不是自然而然就有的表达方式，导致在交际中缺少反问“您呢？”（¿Y usted?），这个是需要在学习中积累的；干巴巴的回答，固然在语言结构上没有错误，却必须向他们指出在文化交际上是不完美的，按照西班牙语中的问候习惯，表示礼貌需要用同样的问题反问对话者。

许多语言行为都有着深深的历史文化积淀。在中国有一个非常奇特的问候语，“吃早饭了吗？”和“吃了吗？”这些交际用语在饭点的时候使用得尤其频繁。追溯这种表达方法的渊源，可能和在饥荒贫穷年代对谈话者实际福祉的客观关切有关系。“你吃了吗？”原本可能是真实关心你的基本需求是否已被满足，如果没有的话，我可以帮助你。当时是在真实情景中的客观对话。

时至今日，这个老少皆宜的问候语，已经只是亲切的问候，而没有实际的意义。当然，我们也要时刻记住，在这个千年文明的古老国度里，个人、社会的和谐有一个基本原则，那就是大家都有饭吃。

因此，在西班牙语教学中，我们就需要思考，和刚才简约的百搭词汇“你好”相比较，我们是否需要纠正这种说法并告知学生在西语国家的文化结构中除非真实情况所需，不随便问“你吃了吗？”或者我们不需要纠正这种说法，因为作为中国人，他们说西班牙语的时候就是从本身的历史文化出发的。

这些举棋不定的情形是外语教学工作者经常面临的问题，因此需要我们有一个平衡的态度。刚才的第二个选项是我在教学中采取的态度，不是因为我课前没有和学生分析这个问候语的来源、出处和现在的使用方法；出发点也不是认为说西班牙语的中国学生就不是中国人了，或是通过让他们使用这个问候语有助于产生文化同化的新形势，而是我认为就算是学习外语，也是一种表达完整个体的存在、历史和文化的方式。

最后，我也开始习惯使用这个问候语了，因为从中国历史文化的特殊性出发，我认为它是一个让人感到人与人之间休戚相关而美丽的词汇。到头来，“教学相长”，我教书的课堂也成为了我学习的课堂。

高考：大学入学考试

两千五百年前，孔夫子（公元前551年—479年）弘扬治国理政的观点，认为国家要任人唯贤，通过一定的测试而不是他的社会地位和出身来选拔人才。当然，这个原则不是完全的民主，很多时候，只有地主和富商才能上得起私塾、出得起盘缠参加考试，这里就有些像希腊民主中的“贵族”。

私塾

科举考场江南贡院

岳麓书院

公元600至900年间，中国制定了世界上第一个全国考试系统，用来选拔国家官员。在九世纪到十三世纪间，中国创建了一系列以选拔及培养优秀人才为目的的学校系统，通过道德教育作为公共秩序和社会文明的基柱。

稍稍谈谈历史，现在讲讲离我们更近的1976年到1977年，“文化大革命”时期，大学入学考试被取消。

"文革"结束，高考得以恢复。这不仅仅是教育体系的改革，更是执行新国策的成果。从那以后，大学在国家发展和政府规划中都占有重要地位，成了国家培养灰领、知识分子和科学家的摇篮。

高等学校招生全国统一考试，被称为"高考"，在中国国家社会事务中占有重要地位，可能这对局外的我们来说有些难以理解，我们会觉得很难操作。

高考的前、中、后期，你可以看到中国的各大媒体

高考冲刺

的头版头条都争相报道这一国家大事，而在我们国家可能只有在付费版面上才能寥寥地看到一些相关报道。中国的报纸还专门报道一些针对家长、老师和学生的减压建议；还有学生精神上和身体上如何备考的食谱和妙方。警方也会在高考期间的两天高度警惕，随时准备处理突发事件。如果出现必要情况，警察可以用专车将学生送至考场。

六月份高考的两天，社会上下会全力以赴为考生创造舒适和安静的氛围。考点周围会有交通管制以确保学生考试的正常进行。如果周边有施工单位，也会被要求在高考期间停工以防止噪音扰乱考生考试。高考期间，不仅是学校和学生努力备考，而且是全社会同心协力地备考。

每个考点门口都有警察巡逻以维持秩序。在 H1N1 流感爆发时期，中国实行特殊防范措施；对所有考试教室每天两次消毒，所有考生和考官进场前会被检测体温；有咳嗽、发烧症状的考生会被转移到单独考场考试。

大部分省份的考试分两部分：语数外和文科综合（历史、地理、政治）或理科综合（物理、化学、生物）。

考点备有空调、电脑、电视和广播等设备，后者用来测试英语的听力理解部分。别忘了，中国试图成为一个双语国家，甚至是多语种国家。所有的大学生至少能流利地说一门外语。

尽管孔夫子的考试制度和现代考试制度有差别，但是宗旨却是一样的：为国家挑选栋梁，考试是任人唯贤的有效方法。中国人传统观念认为，只要成了“国家的人”，就能拥有好名声，前途一片光明。

由于计划生育政策，家庭的所有希望都在独生子女身上。如果考试考得不好，学生会觉得对不起父母。在这一点上，中国在家庭观念上还是相对保守的。落在孩子身上的压力是西方世界的人无法想象的。年轻人群中也认为能够通过高考的人就是值得尊敬的。

许多考生因此精神方面出现了问题。这并没有小题大做，因为高考的成败可能影响他们是否能过上比他们父辈更好的生活；在拥有十三亿人口的中国，农民和工人的工作条件并不完善，竞争也十分激烈。

昔日中国，中国今朝

所有和中国有关的东西都有两个关键词：复杂性和挑战性。这一点只需要看中国实施的大型工程和项目，例如当代的三峡水电站项目即可，绵延上千公里的蓄水漫过了山头，规模不亚于古代防御工事——长城。当然还有在设计和规模上一样让人钦佩的工程——京杭大运河，这是世界上最长的人工运河，它的建造可以追溯到

三峡大坝

京杭大运河

公元前五世纪，也就是说两千五百年前这个伟大的工程就动工了。运河全长一千七百多公里，北起北京，南达杭州。大运河已被申请列入人类文化遗产名录。这条运河也恰巧流过我住的大学附近，所以我也有幸欣赏到运河一小段沿途的风景，两边种着树，养护得也不错。

中国的人口也是经常被谈及的话题，十三亿人口和它人口的多样性。说到地大物博，中国可耕种土地只占10%，这对中国自给自足粮食问题提出了挑战。1949 年开始的分配土地的公社制度已经显得陈旧和不足。1979

中国的人口

年，在计划和国家调控的前提下，改革开放悄然开始了，农村土地制度发生重要的转折。

在国家指导下所有生产项目无论公私都统筹规划，每个规划项目和子项目都环环相扣。有何成果？地区发展政策颇有成效都源自于此。

变化是让人瞠目结舌的，1978 年的中国缺乏基础设施，在北京城中心满大街上还是农民驾着骡子的小车，工业农业落后，文盲率也很高（这些是我有幸作为历史的见证人，在华期间的感受）。到现在，中国已经成为

马车进城

银河 soho 建筑

一个现代化的国家，在 2008 年全世界经济萧条的大背景下仍然保持 8% 的经济增长，而这个时候全世界的经济步履蹒跚，增长率仅为 0.5%。

三十年对中国来说，已足以从一个农业国家一跃成为城市化的工业社会，不仅如此，中国还将继续探索外太空。上海、北京这样的国际化大都市拥有和纽约一样的现代化街区，建筑风格超前的高楼大厦鳞次栉比。中国的高速公路的总长度已经和美国一样；此外，中国还在大力和非洲、亚洲和拉丁美洲开展合作项目，这一点是任何西方国家未曾做到的。

中国，没有对外开放，就不会成就她的今天；同时，如果没有中国崭露头角，世界也无法更好地了解今天的中国。

从我的视角出发，撇开意识形态，中国的壮美之处不是京杭大运河，不是三峡水库，也不是长城，而是在1979年进行了一场大刀阔斧的改革，然后在它的基础上，在不到三十年的时间里进行重新建设。这一过程中，尽管还必须经受现代生活带来的两极分化，而且这一问题无法一蹴而就地解决，并且在一段时间内可能将会不断加深，但是中国人并没有丢弃他们的文化身份，也没忘却他们千年的历史。

我们的历史到现在都是用拉丁字母书写；当代的历史，乃至未来，必将是用那刚柔相济的中国书法的一笔一划去构成。

1979 年的大变革

70 年代末的改革影响了当今的中国。当今的中国，中国人称之为“社会主义市场经济”。国家强有力地控制这整个社会的宏观经济，同时也鼓励私营企业家在工业、科技和服务业各方面参与经济建设，鼓励外国资本投资，同时扶植国有企业技术创新，以高规格高标准参与国际市场竞争。

天安门城楼

印有毛泽东头像的挂包

在紫禁城的南门上挂着的毛泽东相片注视着天安门广场，这里是整个北京城的中心。在天安门广场的一侧是社会主义凝重建筑风格的毛泽东纪念堂。引导启发无数第三世界国家革命的毛泽东思想现在成了对他的追思；在其执政岁月的最后几年内犯下的过失，中国人也有了正确的认识。他是建立新中国的奠基人、伟大的战略家，却也是他发动了具有毁坏性的“文化大革命”。如今，他的肖像，代表着一个逝去的时代，俨然已经成为城市民俗旅游的产品标识，钥匙环、钱包、手表、背包、T恤衫、火柴盒、打火机等上的装饰，还有毛泽东语录的小红书和各种小商品，在各种纪念品商店琳琅满目。

西方的史学家和社会学家，带着永远的欧洲中心主义偏见，指出20世纪和红极一时的社会主义乌托邦随着1989年柏林墙的倒塌戛然而止；但是他们却忽略了，早在十年前的1979年，中国已经悄无声息地开始了一场变革。所以，结束20世纪并提前开启21世纪的重要政治事件——如果这种提法有任何意义和理由的话——不是1989年的柏林墙的倒塌，而是1979的北京，这是变革的序言。

澳门西湾大桥

中国特色的社会主义是带动今日中国发展的动力；通过如此实用主义的表达，中国人在20世纪矛盾争论中找到了平衡，也让中国避免了苏联的悲剧和东欧血腥的分裂，而一跃成为与回归祖国的、高度资本主义制度的香港和澳门和谐相处的繁荣社会。迟早，台湾也会在一国两制制度的感召下与大陆统一。其实在经济上和文化上，台湾已经在统一的路上了。

庆祝香港回归升旗仪式

台北鸟瞰

在统一方面，中国建设巩固统一国家立场不容许任何裂痕，所以作为自治区的西藏，以我的观点，是不可能独立的。

“新鲜”至上

根据医生和营养师的建议，我们都应该注意使用新鲜的食品，特别是动物食品。“新鲜”从这个意义上下定义的话，拿非常不优雅的语言来说就是在“牺牲”动物后，尽快地享用动物的肉。

“牺牲”这个词汇（sacrificar），众所周知，当我们祭祀一个动物时，它简单平实的死亡就被委婉地说成

新鲜时蔬

了“牺牲”；这个单词的构词法（sacro-sagrado 是“神圣”的意思，ficio-facere 意思是“实施，做”）可以让我们了解到这是因为富有宗教色彩的礼仪，牺牲的动物甚至人类成为祭祀神灵的祭品。

在这儿我们不关心祭祀的礼仪，而是中国人为了尝鲜而采用的餐饮文化。当然，自从发现火种，人类就已经告别了茹毛饮血的时代，更不用说吃活的东西。可是为什么在中国，特别是以广东为代表的南方地区，还爱食用半熟的食物？这些美食家从祖辈那里继承下来的饮食文化到底保留着哪些鲜美滋味呢？

鱼肉是半熟烹饪方法的典型案例。这道菜，在上桌的时候，还是“活”的。厨师的技艺在于，在烹饪这道菜的时候保持鱼头不接触热锅，当上桌的时候，还在活动的鱼嘴和鱼鳃证明了这道菜的新鲜程度。这就是这道菜的特色。在西班牙语中“水里游的鱼”（pez）和“餐桌上的鱼”（pescado）是有区别的，那么这道菜到底使用哪个词汇？或者我们应该造一个词 pezcado 来指代中国人餐桌上介于两者之间的“鱼”？我还在菜场上经常看到，卖鱼的小贩现场去鳞，买家把新鲜并干干净净的鱼带回家的场面。

当然，广东饮食知识只是中国餐饮文化的一小部分。在北方，例如北京，大家都嘲笑这些南方的同胞们说，广东人，有脚的，除了桌子不吃其他都吃；天上飞的，除了飞机不吃其他都吃；海里游的，除了船不吃其他都吃。作为杂食动物的人类，问题不在于吃什么，而是怎么吃。

在首都的王府井，有一些卖蝎子串的摊铺，当场下单，然后油里面煎一下，马上就能吃上。我当时没敢尝试，

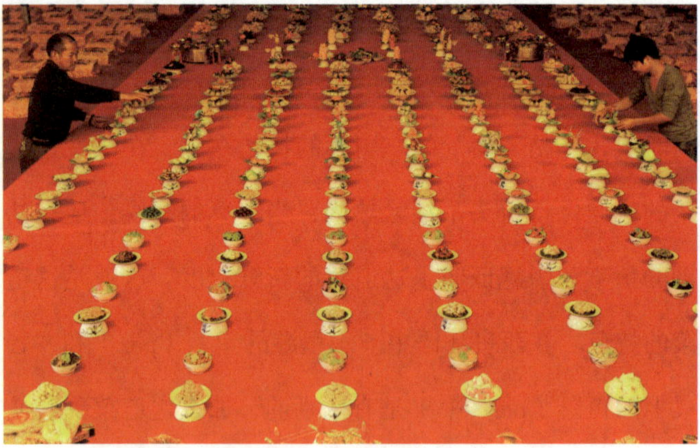

满汉全席素餐

但是我女儿试吃了，还跟我说没啥特别的味道；我内心中的对白，就像一个将军一样，“我会回来的”。

这一篇印象似乎是关于中国人和中国一些地方的饮食习惯，但是只是万千中国饮食文化的沧海一粟。因为我总能回忆起有一回在哥斯达黎加的海滩边上，我们买了几个龙虾，我们就这样把它们往沸水锅里扔，小家伙们挣扎着往锅外爬。然后，我意识到我们的饮食文化和中国有相似之处，很多情况下也会有特别的烹饪方法。好比在哥斯达黎加北部的瓜内卡斯特地区，人们会活生生地砍下猪的脑袋，然后把它倒挂在树上，让血一点点流光，下面用一个面盆接着，然后加上香菜、洋葱和甜椒，一道美味的血肠就可以出炉了。

所以，这篇印象不是仅仅关于中国人饮食习惯，而是在历史长河中，人类和用来食用的动物之间建立的奇特关系。谁是“清白”的，谁就可以丢第一块石头。至少作为直接在鲜活赤贝上挤柠檬汁，或者中学在自然科学课上没有麻醉就直接解剖青蛙（被开膛破肚的青蛙还在动）的我，没有这个资格。

从“黑”到“绿”？

在一次近期到中国的访问中，以色列作家大卫·格罗斯曼曾经说过一段热情洋溢的话（引自《中国日报》的报道）：“作为活在当今社会的人，很难想象你可以没有经历过中国。在中国的所有感受与经历让其他的都变得苍白和没有意义。”这些话中国人当然听上去十分顺耳，但是也道出了一个不争的事实：要理解当今的世

中国的巨大产能也体现在汽车生产上

界，如果缺少了这个从千年文化中苏醒的中国，是十分困难的；这一点是不可回避的事实。首先是因为她的巨大产能（这也是她的最为人所知的国际形象），随之产生的传奇就是全球各大跨国企业纷纷在中国投资建厂，享用着她优质并廉价的劳动力——此外这些劳动力对工作环境还没有特别的要求，任劳任怨。

但是，如果因此就认为中国就是一个污染环境的大工厂，那就大错特错了。中国同样是贸易、金融、文化产业、体育和政治（后者越来越被人瞩目）的巨人。

还不仅于此。目前，中国的大学和它们的研究人员以及实验室，还有具有影响力、权威性、毋庸置疑的政治及学术决策力的中科院和社科院，这些都构成了以全世界其他地方不曾经历过的方式促进社会发展的鲜活动力。当今的中国不仅成为全世界第一出口国（超过了德国），同样也是仅次于美国的第二大科学成果发表产出国，也是科技创新发展最快的国家。中国总是被诟病，没有产生享誉世界的哲学家和思想家，但是在数学思想，战略规划、工程功率计算上，中国无人能敌。有人说，这和中文的结构、文字本身——汉语是表意文字——有

外贸出口繁忙

关，而且要学习汉字也是需要精打细算的。

中国小商品充斥着世界，如果反复强调这一点就很容易进入误区而无法了解中国的全景。我觉得这就需要更好地理解格罗斯曼的那句话。感受中国是跟上当今世界节奏的必要经历，如此强有力的感受让其他一切变得苍白无力。当然，任何一种误判都能让人陷入谬误，其中包括了两种可能：高估或者低估；事实上陷入第一种情况要比第二种更好，因为高估了，我们可能是犯了片面的错误，但是低估了中国我们就完全错了。

谈到中国的意义和分量，一不小心就容易失去应有

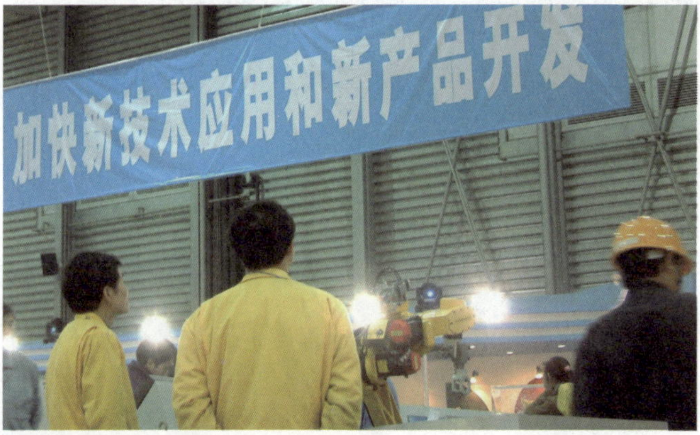

中国企业重视科技创新

的分寸。说中国污染环境？说中国仍然十分依靠煤炭能源而且许多煤矿成了死亡陷阱？是的，中国人自己也承认，他们需要改善的地方还有很多。

承认之后，他们开始着手解决问题。2009 年，中国投资 346 亿美元用于清洁能源的研发和生产，这一数字在全世界领先；在同一年，美国只在相关领域投资 160 亿美元，是中国的一半。相比之下，2004 年，中国相关投入才只有 25 亿美元。这些努力让中国在再生能源方面的发展有了长足的进步，以至于美国参议院的自然资源和能源委员会主席杰夫·宾格曼断言，不久的将来，中国将成为世界第一大生产清洁能源的基地。其实，中国目前已经是全球开发太阳能最大的生产国。

在长城北面还有一道与之平行的“绿色长城”，是一条绵延东西的森林防护带，共计 4480 公里长，横穿 13 个省市和自治区。从 20 世纪 70 年代开始，这个防护带到现在已经发展成超过两千万公顷的森林，有效地减缓了北方沙漠的入侵，在一定程度上解决了中国环境治理的一个大问题。

正在发生的事情是重要的，将要发生的事情更为重

风力发电

安装太阳能硅板

绿色长城

航空拍摄的生态乡村

要。有些中国人喜欢用这样的方式打比方，美国好像已经夕阳西下，而中国正如日中天。有的时候，这不免让人有些纳闷，因为中国人在谈论自己的时候，一般都很谦逊。

中国人深知民主和自由的重要性，但是我们同样不能忽略中国的历史与西方不同。中国的历史和文化传承中，儒家思想根深蒂固，其中特别强调集体利益胜过个人利益，还有一个贯穿整个历史的核心理念：和谐，就“和”字而言，一“禾”一“口”——这就是和谐的前提条件：所有的嘴都有饭吃。

三十年前，中国还停滞在冷战时期国内外意识形态争斗的困囿之中，并且问题重重：缺衣少粮，普遍贫穷，人口高文盲率。因此，中国人不得不首先考虑这些方面的问题，而把政治、环境等问题都搁置了。

就像中国人说的，西方在四百年间，特别是近两百

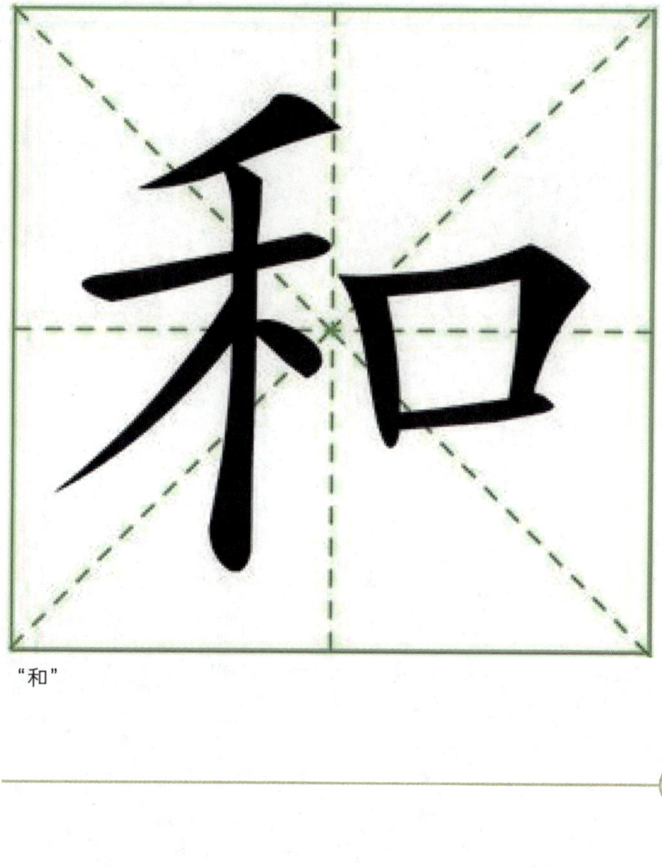

“和”

年以来，对环境造成了毁灭性的破坏；而我们用三十年的时间改善民生，现在我们及时并全力以赴地改善生态环境。中国人认为西方势力不谴责自身的人文殖民主义、对环境资源的疯狂掠夺，却肆意对中国指手画脚。尽管如此，中国人还是眯缝起眼睛笑答道“我们一定会履行对环境的责任”。

世界正在感受中国，我们希望不要太满，也别太少。

中国当代文学

一段时间里，中国戏剧的主题时常会涉及爱国主义情怀、士兵的英勇事迹、面对日寇的胜利大捷，或是西方帝国主义军队及其汉奸走狗的种种恶行；这种社会写实主义已经显得很久远了。近几年的中国文学经历了其小说形式的“裸露”时期，其语言风格更露骨、激烈和尖刻，在题材的处理和发展上也是前所未有的，也更加具有挑战性。通过文学所建构的形象不是一味地歌颂，而是批判社会上存在的恶习——有困扰中国社会的诟病，也有在现代标识、摩天大楼的阴影下，新贵和贫穷两极分化下产生的新疾。

中国当代文学的根本方面或功能，我认为，可以归为四点：第一，讲到官员贪腐时，不留情面地剥光权力的伪装；第二，在一个让一部分人先富起来并让另一部分人穷下去的社会秩序中寻找生存之道；第三，重现一批作家出生时期的岁月，“文革”时期（1966–1976），这个题材就好像周而复始交织拆散的一块白纱下的许多亡灵，许多中国社会到现在还没有驱赶走的亡灵；第四，属于更个人的范畴，在文学中表达细腻精致的情色——之前的情色文学总以一种晦涩的诗歌密码的形式处理，而现在则在性题材上更加解放，无论是形式上还是语言上，以一种近乎暴力的方式挣脱曾经禁锢肉体的政治和道德枷锁。

当代的中国文学界巨匠云集，其中有个十分活跃的作家，莫言，他的作品《红高粱》（1987）被搬上了银幕而被广泛关注。他的许多作品经常被拿来和拉丁美洲的魔幻现实主义作比较，他本人也经常提到读过许多拉美魔幻现实主义的作品。他的小说《丰乳肥臀》（1996）发生在20世纪初的中国，当时正值义和团运动。小女

莫言

诺贝尔文学奖
获得者莫言
作品系列
红高粱家族
莫言 著
高粱红成汪洋的血海
高粱高密辉煌
高粱凄婉可人
高粱爱情激荡

《红高粱家族》

孩上官鲁氏藏匿于小村子里，由于德国军队的围剿，父母双亡。在经历过日据时代（1936）、国民党和共产党的内战、五十年代的大跃进和文化大革命，93岁寿终；陪她走完最后一程的是她的儿子。小说大胆地描绘了一幅中国20世纪的讽刺画，其中不乏许多对性、暴力、政治和死亡的描写。莫言也是他同代中最重要和最受爱戴的作家。

在带有侦探小说风格的《酒国》（1992）中，莫言将读者带到了酒国市，那里充满了腐败、古旱的迷信、饕餮的胃口和超现实主义的事件。这个地区名字源自当地酿造和享用的高质量的酒。上级听到了关于酒国市的奇异传闻，于是从省会派侦察员丁钩儿去调查这个特殊的案子。丁钩儿初来乍到就遇上了第一个嫌疑人金刚钻，一个酒量非凡的人。在一次酒量比拼中，丁钩儿醉到意识离开了肉体，而且发现自己丢了武器。小说中还穿插了文学爱好者李一斗给莫言的信，一封比一封光怪陆离、邪恶恐怖。通过精心设计的故事情节，信的内容和酒国的现实发生了联系，真假互映，相互渗透。

作家严歌苓1985年在中国出版了她第一部小说，

严歌苓

后移居美国，继续从事文学创作。其中小说《扶桑》，以情色作为切入点，以现代和跨文化的笔触，重新诠释了梁祝般的爱情观——死亡和化蝶。少女扶桑，被拐卖到加利福尼亚做了妓女，却和少年克里斯发生了一段缠绵悱恻的恋情；但是现实却没给这两个恋人任何出路，无论是来自克里斯生活优裕的家庭的压力还是皮条客的威胁。小说的情节在残酷的画面、隐晦的幻想、错综复杂的欲望和受虐的情色之中展开；这个世界就是扶桑的世界，作为移民和妓女，真正的世界与她无关。

严歌苓的另一部作品《赴宴者》（2006）故事发生在当今的北京，灯红酒绿，高楼林立。作者使用了感性同时又不失通俗的描写手法：在欲望、性和贪腐的笼罩之中，中国的新贵们享用着美味宴席；而同时，有些人则需要通过卖血来维持生计。小说暴露了当代中国的社会矛盾。严歌苓的其他的代表作还有《第九个寡妇》（2011）和《金陵十三钗》（2012）。

另一个不得不提的名字是阎连科，他目前居住在北京，从农民、士兵到享有盛名的作家，他也走过了不平凡的文学之旅。我认为，随着时间的推移，在西方这位作家的名气还会更响亮。他的知名作品包括《坚硬如水》（2001）和《受活》（2003），前一部作品受到许多批评，被批评使用过于露骨的性语言来描述农村青年男女的私通情史；后一部则是嬉笑怪诞地讲述了如何和共产主义遗物斗争的故事——一个村长想通过组织活动买列宁的干尸以筹办列宁纪念堂来吸引旅游。这是不是一种强烈的讽刺暗示呢？

上述作家只是当下活跃在中国文坛的少数例子。中

长篇小说
金陵十三钗
严歌苓 作品
长篇小说
金陵十三钗
严歌苓 作品
严歌苓最新长篇小说国内独家授权
《金陵十三钗》
张艺谋2011年度大片
奥斯卡金像奖得主克里斯蒂安·贝尔倾情加盟
佟大为、聂远、窦骁、曹可凡、黄海波联袂主演
一段凝固的历史 一个铭刻在每一个中国人心中的日子
十三个裹挟着秦淮河香脂红粉的风尘女子 演绎出一部撼人心魄的史诗
陕西师范大学出版总社有限公司

《金陵十三钗》

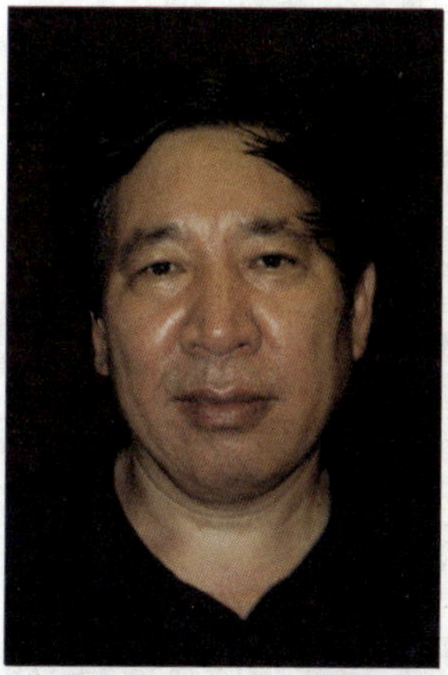

阎连科

国文学已经迈出了体制的束缚，富有爆炸性且具有想象力，其中的比喻完全和政治正确无关。

新文学的潜力不仅在于其幽默风趣、辛辣刻薄的特点和将一切拉下神坛的勇气，更重要的是其对近代历史的审视态度。当代文学透过各种教义筑成的城墙呐喊出对政治生活的革新。就像北京师范大学文学教授张柠所说，国家很大程度上面临着道德滑坡，值得庆幸的是，总有作家们的声音让我们找到希望和乐观的理由。

作家的心声来源于富有创造力的想象，热情洋溢却

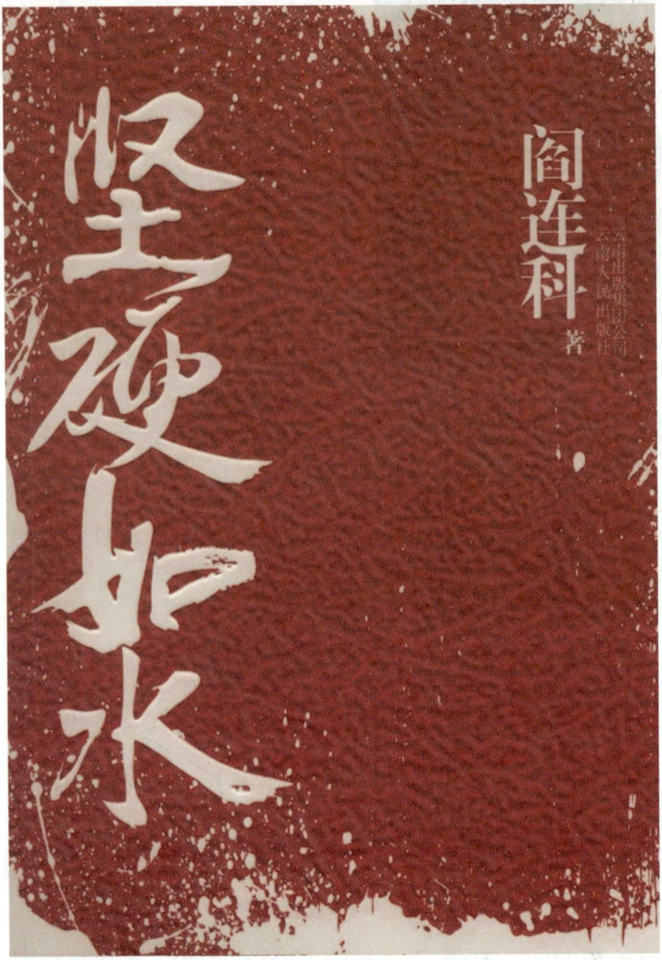

《坚硬如水》

也困难重重。他们揭露着可能改变中国的危险，这些危险不是我们想象中的存在于全球的一种新的可能，而是导致社会危机的种种问题。当代中国作家十分严肃地对待这些问题，并且秉持一种共命运的态度。

一变俱变？

一个美国记者撰文写到，从上海飞纽约的感觉，就好像从一个现代朝气的城市到了一个陈旧老气的城市。说这些话的时候上海还没有举办2010年世博会。为了世博会上海又重新翻修，并扩建了其地铁网，目前已经有12条地铁线总长420公里，而且据称到2010年将拥有22条地铁线路，总长将达到九百公里，是目前的两倍。

2009 年的上海

读者可以相信，到了那个时候还会有新的扩建目标，因为在中国没有最终的句号，永远都会有设计完好的规划。

虹桥机场年吞吐量是每年四千万旅客；上海还有另外一个机场，浦东国际机场，位于城市的另一端，浦江的另外一侧。两个机场之间通过轨道交通连接，需要四十分钟的车程。

上海浦东机场航站楼

西安回民街

有一次，我从西安（中国的古都，拥有闻名于世的兵马俑）飞上海，目的地就是浦东机场。西安到现在还保留着古色古香，相比上海，西安是更加安静的城市，当然她也有熙熙攘攘的一面，特别是晚上的回民街。

抵达亚洲最现代、最大、功能最齐全的机场之一，让我不禁更加意识到中国城市间的差别。一下飞机，等着我们的是磁悬浮列车，它将机场和地铁站连接起来，列车以 400 多公里每小时的速度疾驰，车厢内的乘客却不会感到眩晕。这个试点项目很有可能推广到其他地区。其实现在已经有高速火车以三百公里每小时的速度穿梭于中国的城市之间，例如从上海到苏州或杭州，从北京到天津或太原。

上海孕育和践行着许多社会变革的先进思想，这些思想为 20 世纪中国社会改革探明了道路。上海一直是中国文化、艺术、商业和金融中心。上海人也成了带动全国现代化的火车头。西方势力一度觊觎上海，也在上海留下了殖民色彩的欧洲建筑风格；这些印记在外滩（正对浦东，浦江边上）万国建筑群中可见一斑。

HSBC
MIRAE ASSET
AURORA

兵马俑

中国人想把外滩建造成21世纪亚洲的曼哈顿。这也是当局目标；而中国是一个不断设计目标和规划的地方，这些目标规划也会被不折不扣地完成。因为中国拥有合格的人才、足够的人力、富裕的财政和不会阻挠行政决策的相对宽松的法律。

中国给世人的印象是永不停止的，数据甚至景色在几个月甚至几个星期里就变得过时了。对于如此庞大人口的国家，如此大的需求，什么都是不为过的。一些科学研究证明中国人是最能适应改变的民族；最冥顽不化的是古老的欧洲，其中最不愿意接受改变的要数法国人，他们希望当今世界如此，未来世界亦是如此。

而当今的中国，今天与昨天甚至是前天并存。除了高速动车、地铁和公交车之外，街上琳琅满目的是新贵们的豪车，奔驰、宝马、沃尔沃、奥迪、别克、悍马和阿尔法·罗密欧。这些中国人拯救了全世界的豪车制造商，而且近期中国的一家企业还收购了沃尔沃。如果都能买下一整个厂子来，为啥还要一辆一辆地买呢？这里，不差钱。当然这也不全对：在豪车一旁穿梭的也有三亿卑微的自行车、三轮摩托和武装到牙齿的电动车（装上比本身大五倍的硬板纸、立体声、木头等等，只为能卖个好价钱）；还有非常规出租车，其中很多是脚蹬或者人力的。

在城市熙熙攘攘人流中，富裕与贫穷，和这个不断发展的社会中毋庸置疑的高大上的标志并存，是一个让人无法逃避的话题。这也是今日中国的未来图景的一部分。

不仅仅《堂吉诃德》有中译本

……现在有个家伙冒称堂吉诃德第二，到处乱跑，惹人厌恶；因此四方各地都催着我把《堂吉诃德》送去，好抵消那家伙的影响。最急着等《堂吉诃德》去的是中国的大皇帝。他一月前特派专人送来一封中文信，要求我——或者竟可说是恳求我把《堂吉诃德》送到中国去，他要建立一所西班牙语文学院，打算用《堂吉诃德》的

塞万提斯

故事作课本；还说要请我去做院长。我问那钦差，中国皇帝陛下有没有托他送我盘费。他说压根儿没想到这层。

我说："那么，老哥，你还是一天走一二十里，或者还照你奉使前来的行程回你的中国去吧。我身体不好，没力气走这么迢迢长路。……"

米盖尔·德·塞万提斯·萨阿韦德拉：《向雷默斯伯爵的献辞》

《堂吉诃德》第二部，一六一五年

最初的几步

早在1615年塞万提斯就以调侃的口吻前瞻性地写到，一个消息灵通的皇帝派钦差大臣告知一项说不准就可能成形的文学奇幻之旅——在中国，人们读《堂吉诃德》、学习西班牙语；然而，这段文学之旅发生在三百多年之后的1953年——这一年在北京外国语学院成立了法德西语系。

就这样西班牙语系成立了。由于60年代的古巴革命和中古友谊得到了蓬勃的发展，越来越多的中国人学习并会说西班牙语，越来越多的西语文学作品被人们广泛阅读。

在中国翻译的大批西语文学作品中，首选的自然是《拉曼恰地区奇思异想绅士堂吉诃德》。首译本由林纾、陈家麟合译，1922年上海出版，书名翻译为《魔侠传》。根据胡真才2004年所述，关于首译本的出版有很多趣闻轶事：两位译者都不懂西班牙文。陈家麟懂英语，所以从英译本翻译了《堂吉诃德》；林纾对陈的译本以很自由的手法再加工。此外，林纾在首译本中用了文言文。

《堂吉诃德》

shijie jingdian wenxue mingzhu bolan
青少年版
世界经典文学名著博览
堂吉诃德
【西班牙】塞万提斯 著
上海人民美術出版社

《堂吉诃德 2》

鲁迅

戴望舒

直到20世纪中期，在中国人们才知道《堂吉诃德》还有第二部。

到了20世纪30年代，中国著名作家鲁迅从日文译本翻译了皮奥·巴拉哈斯的故事集。不多久，戴望舒翻译了费德里格·加西亚·洛卡的诗歌。之后许多中国作家崇尚西班牙“九八一代”的作家，所以从英译本翻译了许多诸如乌那穆诺和阿索林的作品。

社会考量

20世纪下半叶西班牙语作品的汉译如雨后春笋，当然相当一部分原因出于意识形态；因为在1949年新中国成立后，选择翻译作品的首要原则就是意识形态。

不久，《堂吉诃德》两卷本由傅东华从英译本翻译成中文。直到1978年杨绛先生才得以将该小说从西班牙语直接翻成中文。1996年塞万提斯全集出版，从消耗的人力物力上来看堪称巨著。

接踵而来的是西班牙经典文学作品的大量汉译:《托美思河的小拉撒路》、贝尼托·佩雷斯·加尔多斯的《悲

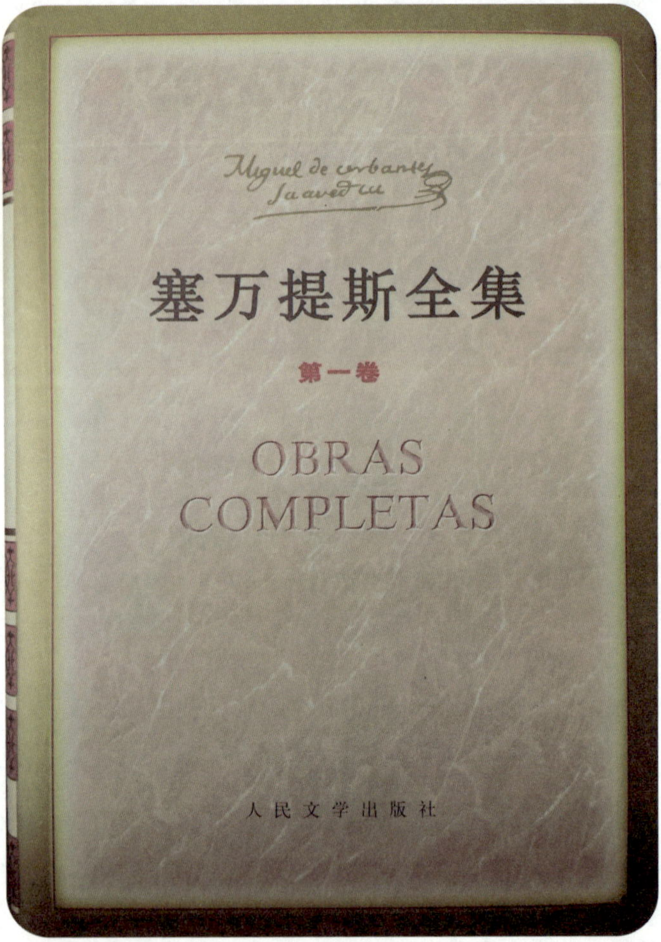
Miguel de Cervantes Saavedra
塞万提斯全集
第一卷
OBRAS
COMPLETAS
人民文学出版社

《塞万提斯全集》

翡达夫人》、塞万提斯的《训诫小说集》、洛佩·德·维加的戏剧、卡尔德隆·德·拉·巴尔卡的宗教寓言短剧、佩德罗·安东尼奥·德·阿拉尔孔的《三角帽》。如上所述，大多数翻译的西班牙语文学作品都集中在伊比利亚半岛。到了20世纪80年代还相继出版了克拉林的《女摄政者》和贝尼托·佩雷斯·加尔多斯的《福尔图纳达和哈辛达》。

西语拉丁美洲文学作品的汉译则很少有人问津；对拉美文学作品的认识始于其俄文译本。1949年后翻译的拉美文学作品中值得一提的是墨西哥作家何塞·曼西斯德尔的《靠海的边境》，该作品在1956年从俄语译本翻译成中文。这部墨西哥文学史上的不算大家的作品如此受青睐，缘于其对人民斗争和墨西哥社会生活的关注。另外一部曼西斯德尔的小说《深渊里的黎明》的汉译本于1958年出版。毫无疑问这位墨西哥人成了那一时期中国读者最为熟知的拉美作家。

赵振江翻译了许多诗歌，诸如加布里埃尔·米斯特拉尔、巴勃罗·聂鲁达、鲁文·达里奥、何塞·埃尔南德斯和加西亚·洛卡等的作品，最近他还翻译了塞萨·巴

聂鲁达

耶赫的作品。和赵振江一样，林一安也是将拉美文学呈现给中国读者的知名译者。我还有幸和他就此方面有过交谈。林主持了豪尔赫·路易斯·博尔赫斯作品全集的翻译。林对我说，“我们国家的文学创作圈里面，对作品社会意义的重视远大于其文学创作技巧。换言之，一开始的翻译作品对中国作家的艺术冲击力是不够的；曼

鲁文·达里奥

西斯德尔也没法和有汉译作品的欧美的大家相提并论。”

在这一时期，从事英译汉的翻译家们也开始关注反映拉丁美洲国家状况的非西班牙语写的作品。其中包括了 B. 特拉文在墨西哥用德语创作的《受绞刑者的反抗》和《丛林中的将军》，两部作品均由英语翻成中文，并在 1957 年和 1958 年出版。

《博尔赫斯大传》

更多书录

由于反映拉美社会状况，特别是香蕉园中工人的悲惨生活，哥斯达黎加小说家卡洛斯·路易斯·法亚斯的《云奈妈妈》也被翻译成中文。

吕龙根教授证实，这部小说由著名翻译家侯浚吉先生从东德柏林 1954 年的版本翻译成汉语，因此保留了作品德译本的书名《绿地狱》。这部小说的汉译本由新文艺出版社在 1958 年出版，印刷份数为 8500 份。中国的第一代西班牙语学者在1959年到1960年间毕业；因此，之前的大多数西语作品都由英语、德语、俄语译本翻译成汉语也不足为奇了。

1980 年，江苏人民出版社出版了另一部哥斯达黎加经典儿童作品《可可里》。译者是岳恒（音译），一共印刷了 40000 份。书名“可可里”是西班牙语名字 Cocorí 的音译。这部作品更多地以教学为目的，主要针对中国的西班牙语学生，用作汉西对比研究。《绿地狱》和《可可里》是哥斯达黎加文学在中国有汉译本的仅有的两部作品。

1960年，马里阿诺·阿索拉的作品《酋长》，被从英语而非西班牙语翻译成汉语；之后他的作品《生活在底层的人》在1981年才得以由西班牙语直接翻译成中文。

20世纪70年代之后，特别是80年代，由于文化教育交流，许多中国学生得以在拉丁美洲的大学中深造，开始将目光投向拉丁美洲现代文学，并最终将其翻译成汉语。这其中就包括屠孟超翻译的胡安·鲁尔福的《佩德罗·巴拉莫》和《烈火平原》，这些汉译本于1980年出版，并多次再版。

90年代初期，中国签署了保护知识产权的伯尔尼公约。然而没有料到自此以后，现代西班牙语文学作品的翻译和出版工作由于高昂的费用而进展缓慢。

林一安就向我透露道，在翻译加布里埃尔·加西亚·马尔克斯的《百年孤独》的过程中，就因为代表作家的文学代理要求高额版权费一度被迫中断。

2001年，中国出版了古巴作家阿来霍·卡彭铁尔的《回归种子》；2002年出版了阿根廷作家马尔克斯·阿基尼斯的《爱情的亵渎》；同年，出版了墨西哥女作家艾丽娜·波尼亚托伍思卡的《天空之肤》；2003年出版

佩德罗·巴拉莫
[墨西哥] 胡安·鲁尔福 著
屠孟超 译
马尔克斯唯一能倒背如流的书
加西亚·马尔克斯：我能够背诵全书，且能倒背，不出大错。并且我还能说出每个故事在我读的那本书的哪一页上，没有一个人物的哪种特点我不熟悉。
余华：在这部只有一百多页的作品里，似乎在每一个小节之后都可以将叙述继续下去，使它成为一部一千页的书，成为一部无尽的书，可是谁也无法继续《佩德罗·巴拉莫》的叙述，就是胡安·鲁尔福自己也同样无法继续。
特别收入
马尔克斯长文导读
特别赠送
鲁尔福摄影作品明信片

《佩德罗·巴拉莫》

了阿根廷作家托马斯·埃罗伊的《女王的飞行》；2004年出版了西班牙作家安德雷斯·特拉皮约的《完美犯罪的朋友们》。

现在出版的西语文学作品的汉译本就更层出不穷了。例如，卡洛斯·富恩特斯的《最明净的地区》和《阿尔特米奥·克罗斯之死》、1993年出版的奥克塔维奥·帕斯的《作品选》、林一安翻译的伊莎贝尔·阿连德的《幽灵之家》和《爱情和阴影》的部分章节。1997年出版了段若川翻译的劳拉·埃斯基维尔的《恰似水之于巧克力》。

还有许多作品数不胜数。当今西语文学作品的汉译，特别是小说，已经在中国的文坛上百花齐放百家争鸣，这也是中国西语学习者和对西班牙语的兴趣与日俱增的生动表现。

学术界

中国大学的西班牙语学习以语言居多，西班牙语文学所占位置并不显赫，但是许多本科毕业论文和研究生调研时，常会选择文学研究作为题目。当然，作为语言教学的最佳载体，文学向来都是中国学生学习西班牙语

加西亚·马尔克斯

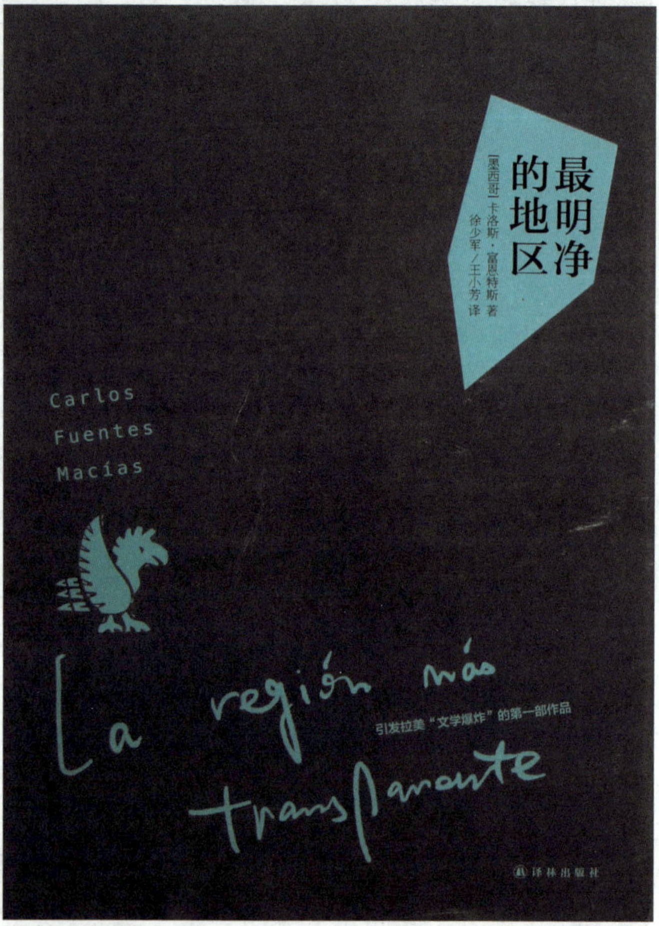
最明净的地区
[墨西哥]卡洛斯·富恩特斯 著
徐少军/王小芳 译
Carlos
Fuentes
Macías
La región más
transparente
引发拉美"文学爆炸"的第一部作品
译林出版社

《最明净的地区》

天下大师·帕斯作品
太阳石
[墨西哥] 奥克塔维奥·帕斯 著 赵振江 译
帕斯作品
太阳石
Piedra de sol
[墨西哥] 奥克塔维奥·帕斯 著
北京燕山出版社

《太阳石》

幽灵之家
La casa de los espíritus
ISABEL ALLENDE
【智利】伊莎贝尔·阿连德 著
刘习良 笋季英 译
伊莎贝尔·阿连德
"拉美文学爆炸"中唯一的女性 用塞万提斯式语言创作的天才作家
斩获智利文坛最高荣誉智利国家文学奖
魔幻现实主义经典，以天才方式回应《百年孤独》
阿连德在为一个时代（马尔克斯时代）压阵的同时，开启了另一个时代。
—— 拉美文学研究专家 陈众议

《幽灵之家》

的重要手段，这些学生也是笃学的好读者。

必须提到，中国高校的西班牙语系在培养语言人才方面的作用举足轻重；但是仍然存在许多严格意义上的学术刊物，其中会刊登一些促进西班牙语语言文学在中国发展的科研论文。当然，图书市场的日益庞大，已经渗透到学术界和中国社会各知识界，这种蓬勃发展也促进了对西语世界文学作品的极大兴趣。

所以，在出口原材料、电器元件和其他商品的同时，我们需要考虑向中国输出图书，与出版社和翻译家取得联系建立关系。显而易见，一部作品在中国的翻译和出版，市场前景是十分可观的。或许，在我们动辄提全球化的时候，塞万提斯早就想到这一点，要把《堂吉诃德》带到中国。或许，书中的中国皇帝早就预见性地洞察了这一切。

莫言，荣获诺贝尔文学奖的中国作家

大部分当代中国作家都出生在“文化大革命”之前或之中。提到“文革”并不是巧合，因为无论从历史上还是社会意义上，特别是文化上，它都是一个分界线，将 20 世纪下半叶和 21 世纪初划分开来了。

我们从绘画方面，就能管中窥豹，见其一斑，无论是北京的 798 还是上海的田子坊的现代画廊，都能看到“文革”的印记。当代中国的艺术，无一例外地都会对“文

莫言摘诺贝尔文学奖

革”时期有所考量；文学同样不可避免，无论是获诺贝尔文学奖的莫言，还是严歌苓和阎连科等等。

莫言，就以一种间接的、闪烁其词的独特方式记录下了那段岁月，或是通过对传统中国习俗和空间的再创造（《红高粱》，1987），或是对历史时期或事件的重新审视（《丰乳肥臀》，1996）或是——拿瑞典文学院授奖辞提到的——通过构建中国当代大城市之外的“奇幻”空间（《酒国》，1992）。

莫言的小说具体叙述的主题从来不是都市的，他总乐此不疲地指向农村中习俗和传说交织的世界，他创作的主题和技巧无不体现着平实的口语化；在他创作的世界里人们能找到他身份的本源，在他创作的宇宙中，莫言感到自在，海阔凭鱼跃，天高任鸟飞。

我们这里需要澄清，作家的自在，来源于那个农民的、原始的、基础的世界，这个世界是作家的亲身经历，所以创作过程中信手拈来。然而正是在这样的一个世界，每一个中国人都找到了强烈的文化认同感，对其描述的传统习俗产生了膜拜感。莫言讽喻了一些现代中国的诟病，一些古早的迷信，并把它们用一种超现实主义的、奇幻的、暴力的方法表现出来；同时把一个中国以不同的平行世界的方式展现出来，一不小心就容易迷失在现实、魔幻、奇异、奥妙、超现代主义和原始未开化的文学世界之中。

就像莫言自己承认的那样，他的作品受到了拉美魔幻现实主义的影响，特别是加西亚·马尔克斯。而他辛辣的政治批评，特别是对个体在统治政治机器面前的手无寸铁的讥讽，也与卡夫卡密切相关；再加上大剂量的性、暴力、政治和死亡，这种致命的混合，有时候让国家机器显得手足无措，因此先前他的一些作品遭到了审

卡夫卡

查，例如《红高粱》和《酒国》。

诺贝尔文学奖后产生的政治和文化影响？毫无疑问，中国人是痴迷金牌的，在文化领域，这也算一块迟迟蹒跚而来的奖牌。世界也自然会刮目相看，因为中国不仅仅是经济大国、体育强国或是全球小商品生产厂，在感叹她高楼林立的同时，必须看到其文化文学的异军突起；就像以色列作家大卫·格罗斯曼所说的那样，今

大卫·格罗斯曼

天的世界不能缺少感受中国的经历。

此外，莫言此次获奖从政治上来说对中国当下社会局势也是最合时宜的，因为莫言的许多作品都是针砭时弊的。但是和其他国际上出名的华人作家不同之处是，严格意义上讲，他不是一个持异见者；他的创作过程是土生土长的、和共产党同一屋檐下的。

这一次诺贝尔奖，可以说不仅仅是给一个个体的名誉，而将是一代中国作家的荣誉；拿毛泽东的话来说，这会是一个文化上的“跃进”，会让中国逐步对她的文学创造者们采取更开放的态度。这是不是莫言获奖的另一个作用呢？值得我们去好好思考。

与此同时，莫言用了一句非常中国式的获奖感言，他将努力创作更多的新作品以答谢全世界给予他的殊荣。这就是莫言，十分害羞，用文字讲述故事的人；今后他还会讲述更多更好的故事，不仅仅是为了中华人民共和国，也是为了全宇宙的文字共和国。